JN147041

靄《もや》に消えた馬

―― 園田の郷から ――

宇田 遥

まえがき

２０１４年7月11日金曜日、スーツを着た黒フチのメガネの男が献花台に花を手向けて手を合わせていた。

「お疲れさまでした。君のことはずっと忘れないよ。最後の帝王賞の走りはＪＲＡ勢になんとか抵抗するのがよくわかったよ。それで故障したんだもんね。そう、君の戦績は僕らのようなサラリーマンそのもののような気がするよ。でももう少し走る姿を見たかった」

しばらくたたずみ献花台にあるたくさんの花と写真を眺めてそう言った。

同日同じ頃､別の場所でも献花台が出ており一組の夫婦が同じく花を手向け手を合わせていた。

「今日が最終日やったな、ナイター開催で良かった。昼間の開催だけなら来られんかったよ」

「私なんか献花台が出ている間は毎日手を合わせてから仕事に行ってたんよ」

「それはここがあなたの仕事場なんやから」

「ま、それはそうやけど」

「三年間お疲れさんやったね。君にはつらい三年やったかもしれんけど、こちらは君のおかげでこんなすてきな奥さんと結婚することができたし君には足を向けて寝られへん。本当にありがとうな」

亭主のほうがそう言って献花台の前で深々と頭を下げた。妻はずっと寄り添って亭主と共に頭を下げていた。


距離の離れた東京と兵庫の2箇所で同時に献花台が出されていた。こんなにファンがいたのは人ではなく競走馬、それも中央のトップホースではなく兵庫所属の1頭の馬である。


こんなにみんなに愛された地方所属馬が今までいたでしょうか。

さて、そんな彼と周りにいたであろう人々のお話をこれから始めましょう。

目次

一　靄に消えた馬

その日、徳丸了一は東京の大井競馬場の2号スタンドにいた。勤務をしている電機メーカーの監督職研修がたまたま東京の本社で行われその帰りに立ち寄ったのであった。そんな彼の目的は地元兵庫から選出され、今日のメイン競走である帝王賞に出る1頭の馬の応援をするためにやって来たのであった。

前日から断続的に降った雨の影響なのか湿度は高く、スタンドから見えるコースはナイター照明の光で靄《もや》がかかったように見える。

徳丸の隣の席に二人のサラリーマンが座った。一人は40歳過ぎで黒フチのメガネをかけている。もう一人は彼の上司であろうか白髪でメガネの男より一回りくらいは歳上のようだ。

「ところで馬券は何を買うの、やはりＪＲＡ中心かい」

スポーツ新聞を見ながら白髪の男が徳丸の隣に座った男に聞いていた。

「そうですね。ただ、紛れがあれば兵庫のオオエライジンに来て欲しいですね。今年の正月に川崎でやられましたからね。まさか川崎で勝つとは思いませんでした。この前の分を返してもらえたら最高ですが」

「そうか、相変わらずよく通っているね、競馬場」

その時、隣のメガネの男が持っていた傘の先が徳丸の足に当たった。

「あ、すいません」

「いえ、大丈夫です。話、聞いていましたよ。私も関西から彼の応援で来たんですよ」

「それはご苦労さまです。でもスーツを着ていらっしゃるのはまさか関係者の方ですか」

「今日は偶然に会社の出張がありましてここに来ることが出来ました。彼が新馬の時から園田で見ていたので。今日はタイミングが良すぎですね」

「それは大変な方と同席してしまいましたね、お互い良い結果になるといいですね」

会話はそこで途切れた。二人のサラリーマンはそれぞれスポーツ新聞を見ながら投票用のマークシートを塗り始めていた。

「馬券は私が買って来ますので席の確保だけお願いしますね」

メガネのサラリーマンは席を立ち、程なく戻って来た。こんなにすぐに戻って来ることが出来るのは余程ここで観戦しているのであろうか、場内投票所の場所もよく知っているのだろう。

帝王賞出走の各馬がパドックを周回しているところが内馬場にあるモニターに映し出されている。しばらく周回をしたのち停止命令が出て騎手が騎乗した。その後パドックで周回していた馬が馬道に消え、周りで見ていた観客が徐々に馬場前のスペースに戻って来た。大勢の人が集まり言葉にできない高揚感が競馬場全体を覆う。そして緊張感も高まる。

投票締切りのアナウンスが放送され場内のモニターも締切りを伝えた。各馬はすでにゲートの後ろで輪乗りをしている。

しばしの静寂の後、生ファンファーレが演奏され観客の声援も徐々に大きくなってきた。

各馬、輪乗りの状態からそれぞれのゲートの後ろに導かれている。大井の２０００ｍのスタート地点は4コーナー奥なのでゴール板に近いスタンド席に座っている徳丸にはモニターでないと状況がわからない。モニターにスターターが映し出され旗が振られた。彼は1枠1番、先にゲートに入れられた。その後全馬がゲートに入り落ち着いたところでスタートが切られた。

1枠の利を活かして彼は先行する。長い直線から最初のゴール板前を通り1コーナーも問題なく進んでいる。広い大井競馬場は2コーナーから4コーナーの入り口までスタンドからは直接見ることはほとんどできないので場内のモニターで追いかけることになる。３コーナーを過ぎても先行するニホンピロアワーズやコパノリッキーなどのＪＲＡ勢の後ろについている。５番手あたりに位置しているのであろうか。周りの声援が徐々に大きくなっていく。

「ライジン、よし、行け」

徳丸も周りの観客同様声援を送り始めた。

「ライジン、もう少しだ、頑張れ」

隣の男も声を出し始めた。４コーナー出口の最後の直線、残りは３８０ｍ。ＪＲＡのコパノリッキーが先頭に立ちレースは終盤、ワンダーアキュートが直線徐々に進出してきた。一方の彼はコーナー出口で少し外にふくれてはじき出されるように外側に移動し、少しずつポジションを下げていったように見えた。その瞬間、ジョッキーが急に手綱を引き、暴れるように止まってしまったのがはっきり見えた。

「何があったんだろう？」

徳丸はつぶやいた。

彼以外の全馬がゴールした後、場内実況も彼の故障を伝えていた。徳丸はワンダーアキュートが優勝したのはわかったが、それ以外のことは全く理解できず立ちすくんだままだった。ワイシャツのポケットに入れていた単勝馬券をポケットの上からギュッと握りそうになったがその力すら出てこない。気力が抜けたまま隣の二人に会釈もせずにスタンドを後にした。出口に向かう途中、携帯電話を取り出しメールを打った。

「ライジンは故障したようです。ゴールは出来ませんでした」

送り先は一緒に彼を応援している中学生である。

そして今度は妻に電話をかけた。電話はすぐに出た。

「どうやった、ライジン。まさか勝ったの？」

「いや、途中で故障をしてゴール出来んかった、ちょっと心配やけどな。予定どおりこれから深夜バスで帰るよ」

「そう、気をつけて帰って来てね。でもちょっと気になるわね」

「うん」

電話を切った。まだ湿度が高く靄がかかっているような場内から出口に向かって歩いた。ウィナーズサークルでは勝ったワンダーアキュートに騎乗した騎手、関係者の表彰式が行われていてまだたくさんの人がそれを見ていた。さっき起こった事故など誰も気にしてはいないのだろう。

翌日の朝、夜行バスから降りてコンビニでスポーツ新聞を買い昨日の結果を見た。地方競馬のページ、園田競馬の馬柱の下のほうに重度の骨折のために安楽死処分になった彼の記事が載っていた。

「やっぱり」

どうやって妻に話をすれば良いのか徳丸にはわからなかった。

二　夏の園田で

マルーン色の電車が大阪の梅田から京都や神戸、宝塚に走る阪急電鉄。その梅田から神戸線に乗って四つ目に「園田」という駅がある。この駅は高架になっていて電車は3階に滑り込む。ホームから階段を降り、2階の改札口を通ると目の前にアズナスというコンビニエンスストアのような駅の売店があり、二人の女性が売り子として働いていた。

2010年8月3日、この日の大阪地方は夏の高気圧が日本に居座り朝から気温もグングン上がっていた。夏休みのせいか学生や子ども連れの母親などが途切れない程度に入ってくる。

お昼少し前、アズナスの自動ドアが開き薄緑色のポロシャツを着た男が入って来た。

「おや、徳丸ちゃん。今日もご出勤かい、ご熱心なことで」

「今日は夜勤明け、家で寝ていても暑いだけやで。クーラーもないし。ちっと早いけれどご出勤というわけ。おばちゃん、キンキ頂戴」

おばちゃんはレジカウンター後ろの棚から『競馬キンキ』という競馬新聞を取り出し、徳丸に渡した。

「ま、頑張ってや」

カウンターの外で商品を並べているもう一人の若い女性は二人の会話を聞きながらレジのほうを振り向き、クスッと笑った。

徳丸は商品を並べている若い女性に声を掛けた。

「あ、美香ちゃん、おったんか。毎日暑いな」

「そうですね」

「さー、今日も行くぞ」

と言って徳丸は売店を出て行った。

「徳丸ちゃんもいい歳なのにね、休みになると競馬だよ」

歳をとったおばちゃんの良枝は、彼が店を出て行くのを確認してから少々ため息まじりでそう言った。しかし、休みの度に新聞を買ってくれる上得意の客には違いない。確か十年くらい前に会社の先輩と一緒にやって来て以来ずっとここで新聞を買っている。店が暇な時などはプライベートの話や会社の愚痴なんかの話をするような間柄である。

「徳丸さんも工場の交代勤務なんて不規則な生活をされているんですから仕方ないんじゃないですか」

商品を並べ終えた美香子は良枝にそう言った。確かにここは阪神工業地帯に近く、大手の電機メーカーの工場も多い。徳丸もその中の工場で働いているのである。徳丸以外にも似たような工員が夜勤明けや休みを使って園田競馬場に遊びに行くのではあるが、電車で来るのでなく少し離れた町から自転車に乗って来て駅東口の駐輪場に自転車を置いてわざわざ駅2階のアズナスに新聞を買いに来るのである。

「ま、あの子のいいところはほかのギャンブルに手を出していないところかね。園田か中央競馬だけしかしないようやし、開催がない日はアパートで寝ているようだよ。真面目な子なんだけどね。美香ちゃんの友達で合いそうな人おらんかね」

「どうかしら、私の友人なんてこのあたりでは少ないし」

「そういえば、美香ちゃんがこの店で働くようになってからは以前よりも頻繁に来るんやけど」

「そうなんですか」

「まさかあんたに気でもあるんちゃうか」

「え、それは違うと思いますよ」

美香子の頬がちょっとだけ赤くなった。

ファン送迎用の無料バスに7分ほど揺られると園田競馬場が見えてくる。以前関西には幾つかの地方競馬場があったが今はここ園田と姫路にあるだけである。ただ開催日でいうと園田が圧倒的に多い。バスを降りて壁沿いに歩くと正門が見えてくる。入場口にはゲートがあり100円玉を投入するど入場ができるゲートがある。そこを通るとすぐ左にパドックが見える。

徳丸は歩きながら4ページで編集されている『競馬キンキ』の中面を見るべく折り返した。すでに2レースまでは終了しており、3レースもパドックには馬の姿もなく本馬場に出ていた。

「これはケンね」

独り言を言いながらパドック奥のホルモン焼き屋に入って行った。

「おばちゃんビールね」

「おや、今日は早いね」

ホルモン焼き屋のおばちゃんが言った。

「恵子ちゃん、徳ちゃんにビールね」

奥にいた恵子が生ビールのサーバーのコックを押し、器用に泡をたてながら注いだ。奥からビールを持ち、店前のオープンテラスのような場所に座っている徳丸の前のテーブルにそれを置いた。

「今日も暑いね」

「ほんま、毎日たまらんよ。我が家はクーラーもないし。で、ここでこれを飲んでクールダウンが一番やね」

「確かにそれは間違いないわ」

恵子は笑いながら奥に戻った。

「さてと、次のレースは新馬戦か」

ビール片手に徳丸は呟いた。で、一気に半分ほど飲み干し喉を鳴らした。グラスは持ったままで目は新聞の調教欄をじっと眺めている。

「中央のようにはっきりせんな。パドックに入って来てからよく見よ」

「徳ちゃん、どうせ見たって当たらんやろ」

隣に座っている常連のおっちゃんが徳丸に言った。

「おっちゃんよく言うわ。ここのところ仕事はぼちぼちやけど馬券は調子ええんよ」

3レースが終了して4レースの新馬戦の馬がパドックに入ってきた。徳丸はビールを飲み干し、代金をテーブルに置いてパドックに向かった。パドック前の手すりに寄り掛かって周回をしている各馬を眺めた。その中で栗毛の馬が1頭だけとてもピカピカしている様に見えた。競走馬と言うのは不思議なもので調教では目立つ時計を出さなくてもレースになると特別なオーラを発してあっさり勝利してしまうことがある。パドックや返し馬でそれを見極めることができれば高配当も期待できるものである。

徳丸は何番人気か気にはなったが迷わずこれに決めた。

8月の太陽がまぶしい室外から薄暗い場内の投票所へ歩いた。そして馬場に出て来る彼を待った。一応返し馬も確認したかったのである。

白い誘導馬の後に9頭の馬が行儀よく並んで本馬場に入ってきた。各馬思い思いに馬場を走りウォーミングアップをしている。

投票カードに徳丸が決めた馬番を塗り、発券機にお金と共に入れた。

この日の新馬戦の距離は８２０ｍなのでスタンドの反対側から発走する。返し馬を終えた各馬はゲートの後ろに集まり輪乗りをしている。その後、係員にひかれてゲートに入って行くのがモニター越しに見える。スターターが旗を振り、ゲートに入る9頭の馬。彼らはここから競走馬としてデビューをするのである。程なくスタートが切られた。

徳丸の買った1枠1番の馬は内枠を利してどんどん他馬を離していく。で、最後の直線もスピードは衰えずあっさりゴール板を駆け抜けていった。

「え、見立てどおりだけど久しぶりに見たな820mの距離でぶっちぎりなんて」

新馬戦5番人気、単勝11・8倍の馬のデビューシーンを見た徳丸はびっくりした。

着順確定を待たずにホルモン焼き屋に戻る。さっき声を掛けた常連はすでにビールからサワーに変えてつまみのホルモン焼きをつつきながらご機嫌である。

「どうやった」

「ほら、馬券は好調やって言うたやろ。ちゃんととったで」

徳丸の手にはオオエライジンと馬名が書かれた単勝馬券が握られていた。

「単勝1000円買っているからな。おっちゃん、ご馳走してやるよ」

「おお、それはおおきに。しかし店のモニターで見ていたけど凄い馬が出てきたな」

「うん、なんか凄い馬になりそうやね。俺はしばらく買い続けるよ」


その後はその常連さんと飲んでしまい気が大きくなったのかもしれないが他のレースでかなりやられてしまったので財布の中身はほとんど変わらなかった。しかし彼のしっかりとした走りだけは瞼に残った。ここから彼と彼の付き合いが始まったのである。

二　夏の園田で

三　暮れの大一番

夜勤のある交替勤務の工場で働いている徳丸にとって、昼開催の園田は絶好の遊び場なのだが、日程の関係で彼が走る日に来られるとは限らない。

彼のほうは9月に一回、10月にも一回出走していずれも優勝している。すでに園田の2歳の中ではトップクラスになっていたが11月のレースだけは感冒のために出走を取消した。いずれのレースも徳丸が勤務の日か労働組合などの用事があったので応援に行くことができなかったのだが、大晦日の兵庫ジュニアカップは年末年始の休暇でもあるので応援に行くことにした。

いつものようにお昼前に園田駅の駐輪場に自転車を置いてアズナスに向かった。アズナスに入ろうとした時、奥にある喫茶店を兼ねたパン屋から美香子が子どもを連れて出て来た。

「あら、徳丸さん。今日も競馬場ですか」

「うん。あれ、その子は」

「私の子どもなんです。今日は大晦日で学校の学童クラブが休みなので家でお留守番をしてもらうはずだったんですが、私、寝坊しちゃってお昼作る時間がなかったからお昼のパンを買って家に戻そうとしていたところなんです」

「それは大変やな。でもこんな小さい子ども一人で留守番なんて可哀想だよ。そうだ、一緒に競馬場に連れて行ってあげようか。美香子ちゃんの仕事が終わる頃には戻ってくるから」

「でも、それはご迷惑だわ」

「大丈夫だよ。僕、幾つ」

美香子の隣にいる子どもに聞いた。

「小学校5年」

「おや、うちの親戚にも同じくらいの歳の子がいるけれどちょっと小さいかな」

「でも運動神経は父親に似たせいか良いみたいですよ」

「お父さんは今日もお仕事」

「二年前に亡くなりました」

美香子は言った。

「それは悪いことを聞いちゃったな。うん、やっぱりこの子さえよければ連れて行くよ、意外と楽しいよ。近くで飛行機も見えるし美味しいものもあるし」

「どうする、来人《らいと》」

「うん、行ってみる」

「本当にご迷惑ではないですか、子どもがいたら」

「平気、平気。な、来人くん」

と言って、徳丸は来人の手を引きバス停に向かって歩き出した。子ども特有のちょっと生温かい手の感触が徳丸の手に伝わっていた。

「あ、新聞買うのを忘れたわ」


ファン送迎用のバス停は大晦日でも大勢の人が並んでいた。列の最後尾に並びしばらくするとバスに乗る順番が来た。徳丸がそのまま乗り込むと来人はちょっと驚いた様子で言った。

「このバス、料金いらないんだ」

「そう、このバスは無料なんだ。安心しな」

「そうなんだ」

「来人君って言ったね、どんな漢字を書くんだい」

「来る人って書くんだ。お父さんが商売やっていたからお客さんが来るようにつけたらしいんだ」

「そうか、いい名前だね」

混雑したバスは程なく園田競馬場に着いた。いつものように競馬場の壁沿いを歩き、二人は正門に着いた。

「へぇ、動物園の入り口みたい」

来人は正門のゲートを見上げた。

ゲートをくぐるとすぐ横にあるパドックには周回をしている馬もいなかったので徳丸は来人に言った。

「お腹が空いてへんか、おじさんがいつも行く店でお昼食べようか」

「うん」

二人は徳丸がいつも行くパドック脇のホルモン焼き屋に入った。オープンスペースのような店は扉がないので寒いのだが数人の常連さんがのんびりビールを飲んでいた。

「おや、徳ちゃん。珍しいね、お連れさんかいな」

入り口脇にいたホルモン焼き屋のおばちゃんもちょっとびっくりした目をしていた。

「徳、とうとう馬券買う金がなくなって誘拐でもしたか」

いつもいる常連のおっちゃんが言った。

「アホな」

「誰の子どもなん？」

とおばちゃん。

「大事な人のお子さんですから」

「大事って」

「本当は園田の駅の売店で働いている人の息子さんなんや。ところでこの店は小学生が食べるようなメニューはないんか？」

「あ、二人いる若いほうのね。あの娘、子持ちやったんか。見かけによらんな」

隣の常連さんが言った。

「俺も今日初めて知ったんよ」

「わかった。じゃ、大切なお子さんのために特別にきつねうどん作ってあげるわ。恵子ちゃんお願いね」

おばちゃんは奥にいた恵子に注文を告げた。すぐに支度を始めたようである。しばらくして恵子がきつねうどんを持って店先の席に座っている徳丸と来人のところにやって来た。

「はい、きつねうどんね」

来人の前には普通にうどんを置いたのだが、徳丸にはテーブルに半ば叩きつけるように置いた。うどんのつゆが少しこぼれた。

「うわ、怖い店員さんやな。もう少し客のことを大事にせんと」

恵子は徳丸の前に座っていた来人のほうを向き、

「大晦日にこんなおっちゃんとこんなところに来たらあかんよ」

「しょうがないやん、今日はこの子、来人君って言うんやけれどお母ちゃんの仕事が終わるまで家で留守番することになっていたんや」

「ふーん、でももっとほかに行くところあるやろ、梅田のデパートとか。あ、これメニューにない特製品だから高いよ」

恵子はニヤッとして片目をつぶった。

「へぇ、かなわんな。いくらか知らんがお手柔らかにお願いや。あ、そや、売店で新聞買うのを忘れていたんだわ。ちょっと来人君を見ててな」

そう言って徳丸は入場口脇の新聞スタンドに走って行ってしまった。

「恵子ちゃん、ライバル登場やな」

店主のおばちゃんが恵子に話しかけた。

「何言っているんですか、そんなことあらへん」

「そうか？」

程なくして徳丸が戻って来た。

「うどん食べたらちょっと中を見て回ろうな」

来人は軽く頷いた。


店の前のパドックでは次の６レースに出走する馬が周回をしていた。

「どう、馬って大きいやろう」

来人はしばらく無言のまま馬を見ていた。その後騎手が現れ厩務員に手助けをされて馬に跨った。

「あの馬に乗っている人はなんて言うの」

「あれは騎手っていって彼らが馬を操縦というかな、運転手っていうのかな？　そんな人たちさ」

「かっこいいね」

「うん、でも大変な仕事だよ、馬から落ちれば怪我もするし、レースで負けるとファンから怒鳴られるし」

「でもキラキラしているよ」

色とりどりの勝負服を着ているせいかそんな風に見えたのだろう。白い誘導馬の後に続いて出走する各馬がパドックから出て行った。

「ほな、馬場に行こか、これからが本番やで」

スタンドのある建物を抜けて馬場前へ二人は歩いていく。ゴール前にはすでに何人もの人がいるので小さい来人にはよく見えないようで爪先立ちをしている。

「なんや、見えんのかいな。じゃ、レースが始まったら抱っこしてやるから」

５分くらいたってゲートが開かれレースが始まった。園田の１４００m戦はスタートをして一度ゴール前を通りコースを1周してゴールとなる。来人の身長ではかろうじてゴール右にある大きなモニターが見えるようなのでそれを見ているようだった。その後、各馬が４コーナーを回りゴール前の直線に入る頃、徳丸は来人を抱っこしてやった。

「どや、見えるか」

「うん、物凄いスピードで馬がこっちに来るよ。でも後ろの馬なかなか追いつかないよ」

「ほんまか」

そんな会話をしている間に先頭の馬は他馬よりちょっとだけ速くゴールを駆け抜けた。

「凄いね」

ちょうど近くの関西国際空港にジェット機が着陸する瞬間ではあったが来人はそれを見ることもなく馬場を見ていた。子どもの目にはどのように映ったのかはわからないが徳丸にはとても興味を持ったことだけははっきりわかった。

その日の園田は曇り空で時折小雨か霰《あられ》のようなものが降って来るような天気だったが、徳丸と来人はパドックとゴール板前を何度も往復した。そして先程と同じように抱っこをしながらの観戦となった。


今日の徳丸のお目当てである10レース、園田ジュニアカップ出走の各馬がパドックに現れた。8枠11番、栗毛の彼は今日も落ち着き払って堂々としている。

しかし、人気のほうは初距離に懸念を持つファンもあり3番人気になっていた。単勝を買う徳丸にとってはかえってオッズが上がって都合が良かった。

「今日はな、このレースだけを見に来たんや、11番の馬がお気に入りでな」

「オオエ、ライジンって書いてあるね」

「そう、強いんやから。今まで三回走って負けてないんよ」

「今日も勝つといいね」

「大丈夫やろ」

来人もじっと見ていた。

「このレースだけは馬券を買うんで、ちょっと早めに行こか」

「うん、おじさんが応援しているのなら少しでも前で見たいよ」

各馬がパドックを出る前に券売機がある建物に向かい馬券を買った。11番オオエライジンに単勝10000円。ここで負ければ今までは相手に恵まれただけの馬だが勝てば真の兵庫の2歳トップホースになる。自分を信じての馬券であった。オレンジの勝負服を来た騎手と彼はコンタクトを取るかのように返し馬をしている。それを見てほぼ不安はなくなった。

1700mのスタート地点は向正面である。ゲート前に馬が集まっている模様はモニターでしか確認ができない。締切り時間を伝えるアナウンスの後、数分の沈黙がありファンファーレが流れた。スターターの台が上がり旗が振られた。

「いよいよだ」

「うん」

その瞬間、スタートが切られた。今までとは距離の違う1700m、どのような走りをするか気になった徳丸だったが、今までと同じように一気にダッシュをして先頭に出て行った。

「うん、なかなかいいよ」

1周目のゴール板前、涼しい顔で逃げていく彼は1コーナーを回り少しずつ他馬との差を広げていった。向正面も軽快に逃げて最終コーナーを回り再び徳丸たちの視野に入って来た。

「これなら大丈夫だな」

「最初に僕が見たレースと同じだね、後ろの馬が追いつかないね」

1700mの距離を克服し、先頭でゴールを駆け抜けた彼はまだまだ余力がありそうに見えた。

「さて、さっきのお店に戻ろうか」

「うん、でも凄いね、僕もファンになっちゃおうかな」


二人はまるで親子のように手をつないでニコニコしながらホルモン焼き屋に戻って来た。

「へへ、頂きね」

ビールを飲んでいたさっきの常連に自慢した。

「徳丸さん、いくら儲かったん？」

奥から恵子が出てきた。

「秘密、秘密」

「さっきのうどん、メニューにない特製なんやからね、それで払ってもらいましょうか」

「そんなアホな。10000円も賭けたんよ」

「バレた、バレた」

「わかったよ、換金したら1割やるわ」

「いや、2割」

「子どもの前でえげつない話はなしや、堪忍やで」

まるで夫婦漫才の掛け合いのような会話が続き、寒空のオープン席で酒を飲んでいた数人の常連さんもみんな笑顔になっていた。

「まるで夫婦喧嘩やな」

常連さんが言った。

恵子もすっかり機嫌が戻りまんざらではない感じで微笑んだ。そして来人もその会話が理解できたのだろうか笑っていた。

2010年がもうすぐ暮れようとしていた。

四　少しの試練

年が明けて2011年になった。徳丸の会社も徐々に年度末の増産シフトになり繁忙期を迎えていた。また、本社からの工場巡回や夜勤明け後の残業などもあり帰宅してもそのまま夕方まで寝ているような生活が続いていた。

2月9日、久しぶりに夜勤明けに何も用事がないので自宅で仮眠を取り、園田競馬場に向かうことにした。いつものように園田駅の駐輪場に自転車を置いて2階のアズナスに入って行った。

「おや、徳ちゃん、久しぶり、風邪でも引いていたんか」

カウンターから良枝が出てきて徳丸に話しかけてきた。

「風邪引く暇もなかったんや、会社が忙しくてな。あれ、美香子ちゃん今日は休み」

いつも商品の陳列やカウンターでのレジ打ちで忙しそうに動いていた美香子の姿がなく、大学生のような若い女の子が店内にいた。

「あの、実はな」

良枝は小声で徳丸に言った。

「美香子ちゃん、年明けすぐにここを辞めたんよ。そうや、徳ちゃん宛の手紙預かっていたんだわ」

「え、そうなの」

徳丸の顔が急に曇った。良枝はカウンター奥のバックルームに入り手紙を持ってきた。

「確かに渡したで、まさかあんたあの娘に気でもあったんか？」

良枝は徳丸に手紙を渡しながらそう言った。

「うん、あ、ちょっとな。そんなことなら暮れの時にでも言ってくれればよかったのにな」

「やっぱりあんた気があったんか、そういうことはちゃんと言わんと」

良枝にそう言われてがっくり肩を落とした徳丸は手紙をズボンのポケットに入れてアズナスを出て行った。

「あんた、キンキは買わんの」

気落ちした徳丸に良枝の声は届かなかった。

空席の目立つ送迎バスに乗り、誰にも見られないようにそっと封筒を開けた。

『徳丸様
先日は息子が大変お世話になりました。

本来であればお会いしてお礼を言わなければいけないのですが突然新しい仕事が見つかりアズナスを辞めることになりました。申し訳ありません。

大晦日の日、私は久しぶりに息子の楽しそうな笑顔を見た気がします。その後、正月にあの子の祖父母からいただいたお年玉で競馬のコンピューターゲームのソフトを買い、熱心に研究をしているようです。私たち親子は当分この地におりますのでまたどこかでお会いすることがあれば改めてご挨拶させていただきたいと思います。本当にありがとうございました。

夜勤の変則勤務、大変だと思いますが健康に注意して頑張ってください。

坂田美香子』

隣に子どもの字で追伸が書いてあった。

『徳丸のおじさんへ
もっと競馬のことを知りたいのです。よかったら電話番号を教えてください。うちの番号を書いておきます』

脇に電話番号が書かれてあった。

「はぁ」

徳丸がため息をついた瞬間バスが停まり数人のお客が降りていった。近くに座っていたホルモン焼き屋の常連がポンと肩を叩き、

「おい、徳ちゃん、着いたで」

と言われてようやく気がついた。

いつものようにホルモン焼き屋に向かう徳丸であったが、まるで空気の抜けた風船のようにフラフラと歩いて行った。

「どうしたん、風邪か、フラフラしているやん」

表でテーブルを拭いていたおばちゃんが声を掛けてきた。

徳丸はテーブルの脇にあった椅子にヨロヨロと座り、店の奥から出てきた恵子に言った。

「大ジョッキに熱燗入れてくれ、とにかく飲みたいんや」

「なんかあったん？」

徳丸は恵子に美香子からの手紙を渡した。

「何これ、読んでええの」

「ああ、ええよ」

恵子は一読して、手紙を畳んで封筒に入れて徳丸に返した。

「ええ人なんよ。笑顔が可愛くて、子どもにも優しくって。ほら、大晦日に俺と一緒に来た来人君。実際、あの日まであんな大きな子どもがいるとは知らんかったけどあの子もええ子やで」

「へー、徳さんは馬のお尻しか追っかけないかと思ってたわ。それに息子さんが最後の助け舟を出しているやない」

「電話ねぇ、どうなんだか」

恵子は奥に戻りコップと日本酒の一升瓶を持って来た。

「ジョッキとはいかんけど一杯どう。この前のうどん、随分ぼったくったからおごりよ」

「おおきに」

徳丸はなみなみと入った日本酒を一気に飲み干し、ため息をついた。

「せっかく来たんやからな」

席から立ち上がり店の壁に貼ってある『競馬キンキ』を眺めて呟いた。

「新聞を買いに行く気も起きんわ、これ見せてな」

「ええよ」

恵子は言った。


７レース、８レースと１番人気が勝ち、単勝しか買わない徳丸にとっては堅い結果ではあったが少し気分は紛れた。

９レース、彼が出てくる園田ユースカップ、今回は実績のある１４００ｍ戦なので他地区からの遠征馬もいたが１番人気に支持されている。

以前、園田ジュニアカップを勝った後のスポーツ新聞に彼のことが掲載されており、彼は戦中のダービーを優勝した牝馬「クリフジ」の子孫で貴重な血統であることが書かれていた。ただのスターホースではなく貴重な血筋であることを知り、ますます彼のことを好きになっていった。それを来人にも教えてあげようかと思い携帯電話を取り出したが、まだ学校から帰宅している時間でないとわかると携帯電話をポケットにしまった。

徳丸は本馬場に入ってくる馬をゴール板の前で眺めていた。数頭の馬が返し馬に入り彼も同じようにゆっくりと走り出した。今回も大晦日のジュニアカップの時のビデオでも見ているかのように騎手とコンタクトを取りながら返し馬をしている。

「また、勝負するか。憂さ晴らしや」

１０００円札を取り出し券売機に入れた。今回は９頭立てで７枠７番である。出てきた馬券を確認してズボンのポケットに入れた。


園田の４コーナー奥のポケットから各馬はきれいなスタートを切ったが外枠の彼は今回ハナには行けず１枠の笠松所属のマルヨキャプテンが先頭に立ち２番手からの競馬になった。他地区の馬との対戦は初めてではあったがここは地元、やはり負けられない。３コーナーでマルヨキャプテンを交わし先頭に立つと今回も独走でゴールを切った。

「今回も楽勝やん」

しばらくして配当が出て徳丸はがっくり来た。

「１２０円、今日は堅すぎや。そや、そろそろ来人君は家に戻ったかな」

ぼそっと呟いてホルモン焼き屋に戻り、手紙を取り出し電話をかけてみた。留守番電話だったので自分の電話番号だけ録音して切った。

「おらんかったの？」

恵子が聞いてきた。

「うん、でも留守電に入れておいたからわかるやろ」

「それでええんやない」

その日も太陽がほとんど顔を出さない寒い一日であった。


3月になり徳丸に辞令が出た。4月からは勤務体系が変わるのである。常日勤になり夜勤に入ることがなくなった。また、秋の監督職試験を受けるようにと上司に言われた。これで平日開催の園田へ行くのは祭日か休暇を取るかになってしまった。

一方の彼はその後も3月の一般戦から一度除外があったが11月のスポニチなにわ賞まで5連勝、通算10連勝である。その中には大井に遠征した黒潮盃、笠松の岐阜金賞などの重賞も含まれ園田はおろか地方の3歳馬の中でも敵はいないのではと新聞等で書かれていた。

結局、徳丸はこの年、5月の連休に1日、8月のお盆休みに2日の3日間しか園田に行けなかった。いずれの日もグレードレースの開催日でなかったので彼に会うこともなかったのである。ただ来人とは電話の連絡が取ることができた。中央のGIが開催された時などに美香子が不在なのであろうか当日のレースの感想などを話すために携帯電話に電話がかかってくることがあった。

11月末に徳丸の監督職試験も終わった。結果の出るのは年明けではあるが年末年始の繰り上げ操業もあり落ち着くこともないまま年末に向かっていた。

12月24日の夜にちょっと興奮した声で来人から電話があった。翌日の有馬記念のオルフェーブルが断然なんだよね。中山競馬場に行ってみたいな、とか言った話が出たので中山はだめだけどお母さんの許しが出れば28日の園田に連れて行ってあげると約束をしたのである。集合場所と時間を指定し、無理なようなら携帯電話に連絡をするように言った。

28日、午後一時、徳丸は園田駅のアズナスに入って行った。いつもと変わらぬ光景がそこにあった。ただ良枝以外の店員はまた新しい人に変わっていた。

「徳ちゃん、久しぶりやな、忙しかったんか」

「うん、今年は入社以来一番働いたんとちゃうか？　で、常日勤になったから平日に遊びにも行けなくなったんでな」

「今日は休みか？」

「23日に休日出勤していたんで代休なんよ。あ、キンキ頂戴」

ポケットから５００円玉を出し、カウンターに置いた。

「はい、キンキ、久しぶりなんだからきっちり当ててくるんやで」

「うん、実はな、今日はここで待ち合わせなんや」

「誰？」

「坂田君」

良枝はちょっと首を傾げて考えていた。

「ほら、去年の大晦日に一緒に連れて行った」

「ああ、美香子ちゃんの息子さんね。美香子ちゃん一緒に来るとええな」

「はは、ま、そんなことはなかろうな」

すぐにドアが開き、来人が現れた。

「おじさん久しぶり、あ、おばちゃんも久しぶりです」

「少しは大きくなったな」

少し大人になった来人に良枝は言った。

「ちょとだけね」

「そろったことやし、ほな、行こか。おばちゃんまたな」

「頑張ってな、勝ったら帰りに寄ってな」

良枝の言葉に送られて二人はアズナスを出た。

二人はバス停に行く間、バスの中でそれぞれの近況を話した。来人は昨年の大晦日のことが忘れられなかったようで小遣いの中から雑誌『優駿』を毎月買っているらしい。付録でついているＤＶＤを何度も見ていろいろと研究しているようだ。先日の有馬記念のオルフェーブルも引退後の子どもが楽しみだといった話をしてくれた。子どもの知識の吸収力には驚くものがあった。

「そうそう、オオエライジンって凄い血統なんだってね、昔のダービー馬の血統がそのまま残っているんだって」

「そうなんや。だから種牡馬になって貴重な血筋を残さないといけないんだ。そのためにはどんどん強くならんと、でも今回はＪＲＡの馬も来るからな」

「勝って欲しいよね」

「もちろんさ」

バスが園田競馬場に着き、ほかのお客と一緒にバスを降りた。来人にとっては一年ぶりの園田である。二人は去年と同じようにホルモン焼き屋に向かった。

「こんにちは」

「おや、徳ちゃん。良かったわ、今日も来ないかと思ったよ。久しぶりのお連れさんもいるんやね」

入り口にいたおばちゃんが言った。

「今日は代休や、さて、また物凄く高いきつねうどんでも頼もうかな」

「今日はきつねうどんでなくホルモンうどんが食べたい」

来人が言った。

「ちょっと辛いよ」

おばちゃんが言った。

「大丈夫、この前テレビのグルメ番組で見たんだ。食べてみたい」

来人はニコニコしながら言った。

「おや、あの番組見たんだ」

おばちゃんは奥にいる恵子に向かって注文を告げた。

「徳ちゃん、ちょっと」

おばちゃんは店の外に徳丸を連れて行った。

「あんた、あの娘のこと、どう思う」

「誰？」

「恵子ちゃん」

「どうもこうも」

「今年の2月だったか、あんたあの子の母親の手紙を見せたやろ」

おばちゃんは店にいる来人をチラッと見た。

「あぁ」

「そのころからちょっと変やなと思っていたんやけれど、ほらあんたが好きなあの馬」

「オオエライジンか」

「そう、その馬が走る時はなんかウキウキしててな、ほんの少し化粧までしているんや」

「それは重賞でお客が来るからやろ」

「お前はアホか。実はな、この前なんのレースの時やったかオオエライジンが出走した日にあの娘がぼそっと言ったんや。パドックのほうを眺めながら、最近徳さん来ないなって」

「でも夏に来た時はそんなこと全く感じなかったけどな。たまたまやろ」

「やっぱりおまえはアホやな、少しは大人になれや。今、会社は土日が休みなんやろ。デートでも連れて行ってやってよ」

「俺が？」

「そう、あの子、競馬場で働いているのに実際のレースを見たことがないんよ、うちがセッティングするから京都でも阪神でも競馬場に連れて行ってやってや。本当はあんたにはもったいない娘なんやけど」

そう言っておばちゃんはエプロンのポケットから注文用の紙と鉛筆を取り出し徳丸に渡した。

「決まったら連絡するから連絡先書いてや」

「え、あ、うん」

おばちゃんは店に戻って行った。徳丸は店の壁に紙を押し付けて連絡先を書き、再び店に入った。

「はい、おばちゃん、これね」

二つ折りにした紙をおばちゃんに渡した。ちょうど奥から恵子がホルモンうどんを持って来て来人の座っているテーブルに置いた。

「たくさん食べてな。あ、辛かったら水、置いとくから飲んでね」

「うん、ありがとう」

「徳さんは何食べるの」

「後でええんで同じものをお願いな」

おばちゃんの言うとおり、徳丸の前を通った恵子はなんとなく化粧品の香りがした。

今日のメインレース、兵庫ゴールドトロフィの各馬がパドックに入って来た。徳丸と来人はパドックの前の手すりに寄り掛かりながら各馬を見ていた。

「僕、ＪＲＡの馬、初めて見たよ。やっぱりきれいだね」

「そうだね、今日は危ないな、ライジン」

「おじさん、単勝買うの」

「うーん、今日は複勝にしようかな」

そう言っている間に騎手が出てきた。

「あ、ＪＲＡの騎手も出てきた。やっぱりかっこいいな」

「あれ、ライジンを応援に来たんじゃなかったの」

「へへ、そうだった」

来人は笑った。

各馬がパドックから本馬場に入場する頃には二人はゴール板前にいた。昨年より少し大きくなった来人は爪先立ちをしなくてもはっきり見えるようである。このレースは彼が走り慣れた１４００ｍ戦、４コーナーのポケットからのスタートになる。曇り空の中、伊丹空港に降下する飛行機を見ていたらすでに各馬がゲートに収まっていた。

スターターがゴンドラに上がり、旗が振られファンファーレが鳴る。これで勝てば中央の重賞挑戦も充分可能になってくる。

「頑張れよ」

徳丸がぼそっと言った。

「え」

隣にいた来人が徳丸を見上げた。

その瞬間ゲートが開き各馬一斉にスタートした。予想どおり7枠にいた笠松のラブミーチャンが切れ込むように先頭に立つ。次に園田のピースプロテクターが彼の露払いのように2番手を行く。その後ろにぴったりとつき2コーナーを回る。彼は向正面から動き始め３コーナーではすでに先頭に立っていた。後ろに10頭を引き連れ最終コーナーを回り堂々先頭の彼。徳丸を含め全ての観客の視線に入る4コーナーから直線に入るところではほとんどの客が地元の彼を応援していた。

「そのまま、そのまま」

絶叫する徳丸と来人。

と思った瞬間、3、4番手にいたJRAの2頭、スーニとセイクリムズンが外から襲って来た。特にスーニの脚色はよくあっという間に抜き去ってしまった。更にセイクリムズンにも最後に刺され彼は3着で入線した。連勝記録はここで止まってしまったが中央馬相手に果敢に先行して行ったことは能力の差がそれほどないことも実証されたのである。

「あー、負けちゃった。でもいいレースだったね」

来人が呟いた。

「そやね、まだ3歳やから、また挑戦や」

「おじさん、馬券は?」

「単勝と複勝両方持っているけどちょっとマイナスかな。あ、そういえばホルモンうどん頼んだままやったな。店に戻ろう」

手をつないで二人はホルモン焼き屋に戻った。

「寒かったやろ、うどん今すぐ作るから。来人君も中に入って温かいお茶でも飲んでってや」

徳丸は店から出てきた恵子の顔を真正面で見た。

「やだ、私の顔になんかついてる？」

「いや、何も」

やはりおばちゃんの言うとおり今までよりきれいに見えた。

近くのパドックでは最終レースに出走する馬に騎手が騎乗して馬道に消えていくところだった。

出てきたホルモンうどんはいつもより少し塩っぱい感じがした。

五　それぞれの季節

園田に行った次の日から実家に帰った徳丸は5日から仕事に戻った。成人の日のお昼ごろホルモン焼き屋のおばちゃんから電話があった。

「本当にかけてきたんだ」

「そうや、週末の予定どうなっているん」

「しばらくは暦どおりのはず」

「ほな、今月の28日ならええな」

「ああ」

「じゃ、決まりや、朝の九時に園田駅の売店の前な」

「うん」

「お節介なおばちゃんやと思っておるやろ」

「いや」

「珍しく素直やな、二人ともいい歳なのになんでそんなに初心《うぶ》なんや」

「わからん、いい歳だから余計にそうかもしれんな」

「そうか、じゃ頼んだよ」

そこで電話は切れた。


当日、アズナスには平日ならいつもいる良枝の姿はなく学生バイトのような娘が二人で切り盛りしていた。徳丸は中央版の競馬新聞を買って店の外で待っていた。

「お待たせ」

いつもとは違う恵子がそこにいた。

「おや、今日はいつもと違ってえらくべっぴんさんやな」

「素がいいんよ」

店にいるときはジーンズにトレーナーにエプロンしか着ていないのだが、今日は白いパンツルックにベージュのダウンコートをまとっている。

「じゃ、行こか」

「よろしくお願いします」

ペコリと一礼する恵子。やはりいつもとは違う。

「そや、お昼作ってきたよ」

「おや、それは高くつきそうやな」

「それはどうかな？」


阪急電車で梅田に出てそこからＪＲ、京阪電車と乗り継いで京都競馬場に着いたのは十時半になった。徳丸は恵子に園田にはない障害レースを見せたかったのでスタンドの席を確保して、少し場内を見ていたらちょうど良い時間になった。４レースの障害未勝利戦の各馬が円形のパドックをゆっくりと周回している。

「やっぱり大きんやね中央さんは。園田のパドックとは違うわ。それに馬がなんとなくきれいに見えるのは気のせいかしら？」

「かもしれないな、どれか決めた？」

「うーん、３番と11番にしようかな」

「2点買ってみる？」

「うん」

恵子はマークカードに記入して単勝馬券を購入した。このレース、馬体重の増減が激しい馬が多く難解なレースになりそうなので徳丸は増減の少ない1番人気の単勝と複勝を購入した。

席に戻りしばらくするとレースが始まった。恵子は店のモニターではよくレースを見ているのだがやはり中央の大きいコース、それも障害レースを生で観戦するのは初めてである。平坦なコースを走るだけでなく、置き障害や竹柵を飛び越える馬を見ていると違う競技のような気がした。全馬障害を飛越しゴールすると歓声や拍手が沸きこんなレースもあるのかと思った。

「あ、単勝外してしもた」

「あれ、私、単勝が片方当たってる」

「さすが、いつも馬を見ていらっしゃる方は違いますな」

恵子は初めての馬券が当たったことがうれしかった。

「ふふ」

「なに？」

「これね、競馬の愉しみって」

「うん」

結局、最終レースまで観戦して二人とも少しマイナスになったが、恵子の作った弁当を食べ、ちょっとだけビールも飲んで上機嫌で観戦することができた。帰りの電車の中で徳丸は恵子に言った。

「この前、来人君と約束したんやけど、あいつ4月に中学生になるんや」

「そうなんや」

「でな、入学祝い何がいいと聞いたら、4月の阪神競馬場でやる桜花賞を見に行きたいと言われてな、一緒に行かん？」

「うちもええの？」

「もちろん、また弁当お願いね。今度は三人分やで」

「そうやね、たくさん作らんとね」

その後、徳丸と恵子の距離が急速に近くなっていった。基本火曜日から木曜日は園田のホルモン焼き屋、金曜日から日曜日は近所のスーパーで惣菜を作っている恵子だったがスーパーのシフトを変えてもらった。土曜か日曜日のどちらかに休みを取ってなるべく徳丸との時間を作るようにした。

と言っても梅田か心斎橋あたりでランチを食べ、場外馬券場で中央競馬のメインレースの馬券を買いに行く程度ではあったがそんなことでも二人にとっては楽しい時間であった。

一方の彼は、調教師や馬主さんの意見の結果、重賞競走を求め園田以外の競馬場へ積極的に使うことが決まった。園田でお山の大将になるのではなく、地方や中央のダートの強豪と対戦可能と判断されたのである。

2月は佐賀記念に出走した。JRA勢5頭を抑えて1番人気に押されたが、絶妙なペース配分でラップを刻むタカオノボルのすぐ後ろを追走していたのだが、結局タカオノボルを抜くどころかゴール前では後ろから来たJRA3頭にも交わされ、出走した地方馬の中では最先着にはなったが馬券圏内からも外れた5着という結果になった。

徳丸が昨年の暮れに受験した会社の監督職試験も3月末に無事合格の通知が来て4月からは工場の実務の仕事ではなく事務中心の管理業務になったので平日は園田に出掛けることはますます難しくなってしまった。通常は土日が休みになるのだが交代で土曜出勤もあり、以前より仕事の量が増えたのも事実であった。

来人が中学に入学する前日の日曜日、約束どおり阪神競馬場に桜花賞を観戦することになった。恵子も一緒である。来人にとっては初めての中央の競馬場である。いろいろな所を見たり恵子が作ってきてくれた弁当を三人で食べたりして最終レースまで観戦し、楽しい一日を過ごした。そして来人は中学生になった。

5月のゴールデンウィーク、園田競馬は3日から5日までの3日間開催、4日の兵庫大賞典には彼が出てくる。徳丸はホルモン焼き屋のおばちゃんに挨拶もしたいと思い、久しぶりに園田に向かった。来人も誘ったのだが中学で体操部に入ったので連休中の練習は休めないということなので一人で行くことにした。電話口ではとても残念そうであった。


「おや、徳ちゃん久しぶりやね。なんかうまくいっているようやね」

「うん、いやまぁ」

右手で後ろ頭を掻く徳丸。

「奥にいるけど、呼ぼうか」

「いや、いいよ」

競馬場に来る前に用事を済ませて来たので入場したのは兵庫大賞典の前のレースが終わった後で、結果が場内放送で流れていた。パドックではすでに兵庫大賞典に出走する各馬が周回中である。徳丸は店からパドックに移動して各馬を見た。周回する各馬の中でもひときわ目立つ彼の馬体。体重も過去最大体重の５０３kg。今まで以上に雄大な馬体に見えた。

「今日は大丈夫やな」

誰が見ても他馬と出来の違いは歴然である。負ける気がしなかった。そしてその見立ては正しくレースでは横綱相撲。やはり園田には敵はいない。

徳丸はスタンドから店に戻って来た。

「そういえば徳ちゃん、ようやくナイターが始まるんや」

おばちゃんが言った。

「そうみたいやな、この前新聞で見たわ」

「夏は工事で園田の開催はないって。ま、馬券の場外発売はやるようやけど」

「でも、ナイターになったら大変やな。夜も営業せんといかんやろ」

「平日に少しでもお客さんが来ればええがな」

「無理せんといてな」

「こちらにはもう一人強い味方がいるから大丈夫や。あ、最終レース前には店を閉めるから一緒にお帰り」

「うん」


いつも競馬場まで自転車で通っている恵子は自転車を押しながら徳丸と園田駅まで一緒に歩いた。駅に着き、アズナス奥のパン屋の喫茶カウンターに二人並んでコーヒーを飲みながら話をした。

「ナイターが始まるって」

「そうなんよ、多分金曜日だけみたいやけど」

「夜の営業か、気をつけんとね」

「何を」

「帰り道とか」

気を遣う徳丸の顔を恵子はちらっと見た。

「平気よ、自転車ならそんなにかからんし」

「あのな、さっき競馬場に行く前に不動産屋に寄ったんよ」

「なんで？」

「今のアパート今年更新の時期でな、それに狭いやろ。だからもう少し園田駅の近くで広いアパートに引っ越ししようと思って探してたんよ」

「そう」

「どうせ7月、8月は場外発売だけなんやろ。何日か休みを取って引越しせんか」

「私、手伝うの？」

「違うわ」

しばらく徳丸の目を見る恵子。少しずつ目頭が熱くなるのを徳丸に見えないようにうつむいた。

そしてコーヒーカップを両手で握るように持っていた徳丸の手に恵子の手がそっと触れた。

「それって……」

「一人で住むのに今より広いアパートなんて必要ないやろ」

「……」

「どないしたん」

うつむいた恵子を見る徳丸。ゆっくり顔を上げる恵子。

「もう少しロマンチックな場所で言って欲しかったわ。パン屋のカウンターなんて最低や」

恵子の目からひとすじの涙が流れていた。

5月の兵庫大賞典を楽に勝った彼の次走は大井の帝王賞になった。ただ佐賀で負けた距離の2000m、ましてJRAのダートのトップクラスが多数出走してくるレースなので楽な競馬ではないが初の統一GI挑戦である。胸を借りるつもりでの出走になった。

結果は8番人気で10着、初めて掲示板を外すことになった。


お盆休みの間に徳丸と恵子はお互いの両親に結婚の報告に行き、8月の末には二人での生活が始まった。特に披露宴などはしなかったが、9月のとある日曜日にホルモン焼き屋のおばちゃんと来人を自宅に呼んで食事会をすることにした。

玄関のチャイムが鳴りドアを開けると来人がいた。体操部に入った来人は身長こそあまり変化がなかったが筋肉質の体に変わっていた。1年生ということなので特に種目を決めて練習をしているわけではないようだが半年間の成長は目を見張るものがあった。

「なんか、男らしくなったな」

「そうかな」

「お入り」

「これ、結婚祝いって、かあさんから」

「美香子ちゃんから？」

徳丸は来人といっしょに部屋に入り、包みを開けると馬の絵が描かれた額と手紙が入っていた。

『徳丸様
いつも来人がお世話になっております。

また、この度はご結婚おめでとうございます。来人から聞いたところとてもすてきな方のようですね。

お祝いは何がいいかと迷いましたが来人と相談してこの絵にしました。

お部屋のどこかに掛けていただければと思います。

これからも来人がご迷惑をお掛けするかもしれませんがよろしくお願いいたします。

坂田美香子』

「あらすてきな絵」

台所から料理を持って恵子が来た。

「美香子ちゃんと来人君からのプレゼント、玄関に飾ろうか」

「それがいいわね」

玄関に向かうと再びチャイムが鳴った。おばちゃんが大きなケーキを抱えてやって来た。

「改めて、おめでとうな」

おばちゃんもそろったところで食事会が始まった。


園田競馬場がナイター設備の工事の間、2ヶ月間は姫路での開催となった。その間彼は休養にあて、9月の園田のオープン特別に出走。1400mに距離を戻し楽勝したが、続く10月の大井、東京盃は1200mの距離が合わなかったのか、スピードについて行けず7着に終わった。勝馬は去年の暮れの兵庫ゴールドトロフィーで負かした笠松のラブミーチャンであった。同じ地方の交流重賞を戦っていてすでに勝負付けが済んだ馬に負けることになってしまった。

翌月、川崎競馬場で初めて行われるJBCスプリントに出走した。スプリントと言っても1200mの距離設定がない川崎では1400mでの施行になるので巻き返しが期待された。懸念された初めての左回りも調教を見る限りでは問題なさそうである。また出走するメンバーも昨年から同じレースに出ている馬も多く、作戦によっては上の着順が狙えそうであった。

レースはＪＲＡのタイセイレジェンドが好スタートを切り、最後まで後ろの馬に影を踏ませないままゴールを駆け抜けた。レコードタイムであった。彼は先団４番手の好位を追走していたがやはり最後の直線でＪＲＡ勢には抜かれてしまった。しかし地方馬では最先着の6着であるがどうしても中央勢に勝てない。馬は人間に自分の心中を表現することはできないがおそらく誰よりも彼が一番悔しい思いをしていたに違いない。

暮れの開催は地元重賞の園田金盃、その後は昨年3着に負けた兵庫ゴールドトロフィーに出走予定になっていた。

その園田金盃、久しぶりの１８７０ｍの中距離戦とはいえさすがに地元馬同士のローカル重賞である。単勝オッズは1・1倍にまで人気が集まった。

レースはスタートをうまく決めて2周目の最終コーナーまでは楽に逃げていた。さすがにこのメンバーで負けることはないだろうと思った瞬間、彼も騎手も油断をしたのかはたまた久々の距離がこたえたのか後方にいてジリジリと順位を上げてきた7番人気のニシノイーグルに最後に差されてしまい2着に終わった。とうとう地元馬に負けてしまった。次走、兵庫ゴールドトロフィーはまたＪＲＡ勢との戦いである。以前の勢いはもうなくなってしまったのであろうか？

12月26日、兵庫ゴールドトロフィー。昨年は代休を取り観戦をした徳丸だったが今年は仕事納め前の平日であり観戦することはできなかった。3日前の有馬記念、3歳のゴールドシップが1番人気を背負いながら見事に勝利し、鞍上のガッツポーズを恵子と二人でテレビを見て次は彼の復活だなと思い店に行く恵子に馬券を頼んだ。おそらく5番人気くらいなので単勝と複勝をそれぞれ購入することにした。

今年のレースは昨年の優勝馬スーニ、2着馬セイクリムズン、ほかにも昨年は取り消しで出走しなかったが交流戦には強い古豪ダイショウジェットなどが顔をそろえた。やはり彼はJRA所属の馬の後、5番人気に支持されていた。

レースは3番人気のティアップワイルドが終始逃げて、昨年のスーニの優勝時計よりも1秒近くも短縮して優勝した。彼は今回7枠10番、外枠なので逃げの手に回らず向正面までは中段に抑えていた。3コーナーから徐々に進出し、4コーナー出口では逃げるティアップワイルドを捉えにかかろうと脚を使い始めたところにJRAのダイショウジェットに差されてしまったが、今年も3着でゴール板を駆け抜けた。昨年の優勝馬スーニや2着馬セイクリムズンを抑えての3着は誰もが彼の復活を確信したのだが、翌年初めにとんでもないことが起こったのである。

五　それぞれの季節

六　決心

年が明けて1月も半ばの15日、徳丸は会社の新年会で珍しく遅く帰宅をした。いい気分で家のドアを開けると恵子が立っていた。

「了さん、大変、大変」

いつもの明るい恵子とは違う少し険しい顔をしている。

「どないしたん？」

靴を脱いで部屋に入った。

「オオエライジン、大井に行ったんだって」

「ほんまか！」

二人にとって縁結びの神様であるオオエライジンが転厩することになったのである。酔いがいっぺんに醒めてしまった。

「で、いつ行くん」

「16日には大井の厩舎に入るらしいんでもういってしまんたんやろね」

「そうか、何か事情があるんやろうな。ま、どこにいても元気に走ってくれればそれでええがな」

「随分と冷たいんやね」

恵子はさみしい表情になった。

「サラリーマンかて同じや。辞令ひとつでどこにでもいってしまうもんや。競走馬だって同じやろ、園田だって他地区から入厩したり転厩したりしているんやし」

そうは言ったものの動揺は隠せなかった。飲み直したい気分になったが我慢をして黙って浴室のほうに歩いて行った。浴槽に入り上を向いて目を閉じると新馬戦で勝ったことや来人とゴール板の前で応援をしたことが思い出された。もう園田には交流重賞で来ない限り会えないんだろうなと思った。


しかしその後、彼が出走したといったことはどこからも伝わってこなかった。実際は大井での出走のプランは決定していたのだが調教中に鼻出血を発症し、プランは全て白紙になっていた。関西のスポーツ新聞ではそのようなことを告げる記事もなく4月に大井を退厩し放牧に出されていた。

春になり中学2年生になった来人は体操部でレギュラーになり市や県の大会にも出場していた。地方版の新聞には何度か名前が出ていた。練習が忙しくとても競馬を見るような時間はないはずなのだが、雑誌『優駿』の購入と競馬中継はビデオに録画をして時間を見つけては見ていた。成長期のはずの彼ではあったが不思議と体重の変化が少なく、中学入学時からほとんど増えていなかった。

このころから来人の心の中にはある決心が芽生えていた。ただ、母親に言えば否定されてしまうのは確かなので体操部の顧問の先生に相談することにした。先生はいろいろ調べてくれて来人なら大丈夫だろうということになった。3年の進路指導の時までに母親を説得することにした。

春の連休の後から秋まで園田競馬場は金曜日だけではあるがナイター競馬が開催される。徳丸も残業の無い時などはたまに園田に行こうかとも思ったが、ホルモン焼き屋に行っても恵子がいて商売の邪魔をするような気もしたので自然と足が遠のいてしまっていた。十年近くも通った場所なのに園田競馬場はなんとなく輝きを失った遠い場所になってしまった。

9月のとある金曜日だった。恵子はホルモン焼き屋がナイター営業なので帰宅が遅い。徳丸は定時で帰宅し一人テレビを見ていた。九時半過ぎに部屋のドアが空いて恵子が戻ってきた。

「了さん、ニュース、ニュース」

部屋にいた徳丸は振り返ると笑顔の恵子が玄関で靴を脱いで部屋に入って来るのが見えた。

「どないしたん、大きな声を出して」

「戻ってくるんだって」

「誰が？」

「あの子よ、オオエライジン」

「ほんまか、いつ？」

テレビの前にいた徳丸は慌てて立ち上がった。

「さっきお店にいたらスポーツ新聞の記者の人が来てそう言っていたわ。もうこちらの厩舎に入っていて調教をしているんやて」

恵子はコンビニの白いビニール袋をテーブルに置いて椅子に座った。

「そうか、それはええニュースやな、出戻りの彼に祝杯でも上げるか」

「うん、そうかと思ってお酒買って来たんよ」

「やっぱり恵子さんはよく気のつく奥さんやな」

「あら、今頃気がついたん、失礼な旦那さんやね」

小さなテーブルを挟んで椅子に座り互いに顔を見合わせ笑った。明日は土曜日、恵子のパートもお昼からである。二人はちょっと夜更かしをした。


恵子の話のとおり、10月25日、平場のレースに彼が出走してきた。その日は金曜日なのでナイター開催である。いつもなら会社帰りのサラリーマンが多く集うのだが、当日の大阪地方は前日からの台風の余波で朝から本降りの雨になっていた。そのため観客は多くない。今来ているお客さんの中でオオエライジンの復帰戦と知って来場している人はどれだけいるのだろうか。

雨で客のいない店の軒先から恵子はライトアップされたパドックを見ていた。すでにパドックでは6頭の馬が周回をしていた。朝、徳丸は間に合えば来ると言っていたが残業なのであろうかまだ現れない。

「どうか何事もなく無事に戻ってきて、二人の夢をもう少し見続けていたいんよ」

胸の前で両手を合わせ祈るように呟いた。

平場とはいえAクラスの特別戦なのだがさすがに中央の重賞馬と互角に戦っていた馬が出てくるのである。結局は少頭数の6頭立てになった。また、今回園田に戻るに当たり以前の厩舎ではなくほかの厩舎の所属になった。そのため騎手も新コンビになっていた。とはいえこのメンバーでは力の差は歴然である。馬体重もほぼ以前のままだと場内放送で解説者は言っている。雨は小降りになったが断続的に降り続いている。白い誘導馬が現れ6頭の馬と共に本馬場に出て行った。

新コンビの騎手も以前の騎手と同じようにコンタクトを取りながら返し馬を行い、ゲート後ろの集合場所に向かった。1700mのレースなので向正面直線からのスタートになるのでモニターでしか確認はできないが以前と変わりない姿がそこには見えた。

「恵子ちゃん、見に行ってもええよ。どうせお客もおらんし」

おばちゃんが言った。

「ううん、ここでええよ」

と言って店の奥のカウンターの前の椅子に座ってモニターを見ていた。

見慣れたスターターが旗を振るのが見えた。どうしてこんな大事な時に徳丸がいないんだろうと思い目をつむってしまった。程なくしてレースの実況が場内のスピーカーからも流れて来た。

不良馬場でしかも雨の中でレースが始まった。唯一の牝馬で4歳のスマイルヴィジットが最終コーナーまで先頭、そのあとを彼が追走するようになった。最後の直線、彼は騎手のGOサインに弾けるように伸びてくる。すぐ後ろにいた古豪のパーフェクトランも同じタイミングで追い出してきたがここはエンジンの違いであろうか、抜かれることもなく前にいたスマイルヴィジットもあっさり抜き去り優勝した。実況のアナウンサーは彼が1着でゴールを駆け抜けた後に言った。

「帰って来た兵庫の宝物！」

颯爽とウィナーズサークルに戻って来る彼、きっと彼もこの地が一番だと思ったに違いない。

ずっと店の奥で目をつむって実況を聞いていた恵子の肩を誰かが叩く気がして目を明け振り向いた。

「遅れてすまん。間に合わなかったけど実況は聞けたよ」

ちょっと目頭が熱くなった徳丸がそこに立っていた。

恵子は徳丸にもたれかかるように抱きつき、

「遅いじゃない園田のガラクタ、完全に出遅れよ。そんな調子じゃ次は負けるよ」

雨も小降りになり、少しずつ会社帰りのサラリーマンも入場してきた。

次走、12月の園田金盃は恵子が言ったことが彼に聞こえたのか、はたまたこれからの彼の走りの幅を広げるためだったのか、外枠だったからか後ろからのスタートになったが、１８７０ｍの距離をうまく使い2周目3コーナーでは先行していたホクセツサンデーを射程圏に入れ最後の直線であっさり抜き去り優勝した。

翌年、彼は正月3日の川崎競馬場の重賞、報知オールスターカップに出走をした。14頭立てで南関東以外では彼と金沢から1頭出走することになっていた。

川崎競馬場は川崎大師に近く、初詣に来た人や国道一号線を走る箱根駅伝の復路の応援をして来た人などが集いかなりの人が来場していた。ここでまた彼にアクシデントが発生する。

当日、兵庫から騎乗するはずの騎手が有楽町付近の沿線火災の影響で新幹線が昼過ぎまで運休してしまい、川崎競馬場まで来ることができなくなってしまったのである。結局、船橋所属のベテラン騎手に乗り代わった。しかしそこは南関東の名手と地方でも遠征慣れしたオープン馬である。2100mの距離ではあったが先行し、2周目3コーナーからは先頭に立ち後続が接近するも辛くも逃げ切ってしまったのであった。主戦の騎手が騎乗できなかったにもかかわらず勝利したのはやはり能力の違いなのであろうか。ともかくも年明け早々幸先の良いスタートを切ったのである。


次走は2月、一昨年に1番人気で5着に負けた佐賀記念になった。8枠11番の外枠からの発走となったが好位につけて、逃げるエーシンモアオバーを追いかけるような形になった。2周目の3コーナーで逃げ込みを図るエーシンモアオバーを射程に入れ、じっと後ろを追走して行った。それが最終コーナーまで続いてさあ追い出しと鞍上は合図をしたところでまたしてもすぐ後ろにいたＪＲＡのランフォルセ、ソリタリーキング、ナムラタイタンが追走してきて最後の直線で抜かれてしまった。またしても4着、どうしてもＪＲＡの馬に勝てない。馬にもコンプレックスというものがあるのだろうか？

佐賀記念の後は1ヶ月後の名古屋大賞典、1枠1番の好枠を生かそうとしたのだが、隣の枠の地元、サイモンロードが果敢に逃げて佐賀記念で逃げたエーシンモアオバーとダノンカモンの後ろにつけた彼は絶好の位置で最終コーナーを回って来た。しかし、また鞍上の合図と追走をかけたところでＪＲＡの4頭に差されてしまい5着になった。こうなると作戦を変えないと永遠にＪＲＡ勢には勝てないのではないかと関係者もいや、彼本人も思っていたはずである。

三度の遠征を終え彼は5月5日に地元、園田の兵庫大賞典に出走が決まった。

徳丸はゴールデンウィークの最中であったので来人を誘ってみようとメールを打った。来人も中学3年になり学習塾に通っているので母親から携帯電話を持たされていると聞いたので最近ではメールで連絡を取るようにしていた。メールの返事はすぐに来て是非行きたいとの事であった。

当日は昼から雨が降ったりやんだりしていたが行くことにした。いつものように園田駅のアズナス前で待ち合わせて園田競馬場に向かう。バスの中で来人は徳丸に話をした。

「おじさん、実は今年、騎手の試験を受けようと思うんだ」

「ほんまか」

「今も体操部にいるのもそのためなんだ。顧問の先生にいろいろ調べてもらったんだけど今の運動神経なら大丈夫だろうって言われた。ただ乗馬の経験がないのが心配だけど経験がなくても合格した人もいるようだし」

「お母さんが何て言うか、大丈夫かい」

「わからないけど落ちたらそのまま高校に行くよ」

バスが競馬場に着いた。二人で傘をさしていつものように恵子のいるホルモン焼き屋に向かう。

「遅かったわね」

店に入って来た二人に恵子は言った。

「おばさん、こんにちは」

「久しぶり、元気そうやね」

「うん」

「ちょっと寒いから二人とも中にお入り」

「そうやな」

徳丸と来人は店の奥に入った。

「恵子さん。実はな、来人君から凄いこと聞いてまったんや」

「なに？　ガールフレンドでもできたん」

「僕、今年騎手の学校を受けようと思うんだ」

「え、でも馬に乗ったことあるん？」

「ないけどそれは大丈夫みたいなんです」

「そうなったらええね、みんなで応援に行くよ」

恵子は言った。


連休中ではあるが時折雨が降るような天気なのでお店も混雑はしていない。兵庫大賞典の前のレースも終わり、いよいよ出走馬がパドックに入って来た。12頭の馬が周回を始めている。

「ちょっと雨が降っているみたいやけどパドック、見に行こか」

徳丸は来人に言った。

「うん」

「寒いからここで見たら」

恵子は二人に言った。

「ここで見ていたら家でテレビを見るのと同じや」

「そうだよね。おじさん、行こう」

5月とはいえ少し肌寒いがやはり間近で見たいものである。二人は傘を持って店を出た。雨はほとんどやんでいる。

「やっぱりきれいだね、オオエライジン」

栗毛の彼は中でもひときわ輝いているように見えた。しばらくして騎手が現れてそれぞれの騎乗馬に乗った。

「何年かすると君もあんな風にパドックで周回しているのかな」

「どうだろう」

「どこにいても応援しにいくよ」

ゆっくりと誘導馬が現れて12頭の馬が誘導馬の後に並んでパドックを出て行った。

「さて、ここのところ負けていた分、溜まっていたエネルギーを爆発させてもらおうや」

二人はスタンド脇の馬券売り場に向かい徳丸は馬券を買った。金額は小遣いの範疇なので以前よりかは少ないが単勝を3000円購入した。

ゴール板近くのスタンドの屋根のある場所で二人は発走を待つことにした。各馬が1870mの発走地点である2コーナー奥に集まり始めた。

「いくらなんでもここは大丈夫やろ」

「ぶっちぎって勝って欲しいよね」

二人がそんな話をしている間にモニターはスターターを写しファンファーレが鳴った。程なくゲートが開いて各馬がスタートを切った。6枠8番の彼は前に逃げ馬のスマイルヴィジット、同枠で2番人気のハルイチバンを行かせて3番手で進んでいく。1周目はそのままの隊形で淡々と進んで行く。最後の4コーナーでスマイルヴィジットが下がり、ハルイチバンが先頭に立った。彼はその後ろで鞍上の合図を待っているかのようにじっとしている。最後の直線各馬が追い出しに入る。2番手にいた彼は他馬とは違う次元の走りで一気にゴール板を駆け抜けた。

「園田だけで出走していたらどこまで勝っていたのかな」

来人は徳丸に言った。

「でもな、みんなが期待しているんだよ。あいつがJRAの馬を抑えて優勝するところを見たいんや」

「そうか、そうだよね」

「店に戻ろう」

「うん」

店では恵子とおばちゃん、数人の常連さんがモニターを見ていた。しばらくすると配当金が出た。

「やっぱり１１０円か、儲からん馬やな」

常連さんが言った。

「でも強いんやから安心」

恵子が言った。

「ま、そうやね」

そこに二人が入って来た。

「また安い配当やね」

徳丸がみんなに言った。

「徳ちゃん、１００万円くらい買ったんか」

「アホな、おかあちゃんに怒られるで」

「そうよ、我が家は小遣い制なんやから」

恵子が笑って言った。

「尻に引かれてまんな、徳丸家は」

常連さんに冷やかされるも苦笑いをするしかなかった二人であった。


家に戻った来人は美香子と一緒に夕食をとっている時に自分の進路について打ち明けた。

「学校の先生にも話をしたんだけど僕、騎手になりたいんだ」

「え？」

「今まではお母さんの言うことを聞いていたんだけれど今回だけは許して欲しいんだ」

美香子は来人の顔をじっと見た。

「あなたの部屋を見ていたらいずれそんな事を言ってくると思っていたわ。でもお願いがあるの、今年一回だけにして。自分がやりたいことを見つけたのは素晴らしいわよ。でも今年失敗したからといって毎年受けるようなことはやめて欲しいの。男なんだからチャンスは一回だけよ」

「うん、でもＪＲＡと地方の二回あるからどちらも落ちたら諦めて高校に行くよ。大学まで行ったら競馬新聞の記者にでもなろうかな」

「私も大学には行かなかったけど大学に行けばまたいろいろすてきなことがあるようだから、もしそうなったらその時に決めなさい」

絶対に反対されると思っていた来人は美香子からの意外な答えに驚くもチャンスを与えてくれたことに感謝をした。

6月になって中学校の三者面談のプリントが配られた。来人は美香子にこれを渡したが仕事の都合で26日の午後しか時間が取れないと言われ、プリントに日時の希望日を記載をして先生に渡した。

6月26日、前の日に徳丸からもらったメールに返信をした。

「ライジンは大丈夫なんでしょうか」

午後、中学校で三者面談をして騎手学校受験、県立高校も併願ということで決まり、美香子と家に戻った。自宅に置いてあった携帯には徳丸からのメールが入っていた。

「オオエライジンは競走中に骨折をしたため予後不良になったそうです」

短い一文ではあったが徳丸の気持ちが凝縮されているように思った。来人は涙が出てきたがじっとこらえてジャージに着替えた。

「お母さん、夕飯までちょっと走ってくる」

そう言って家を出た。

もの凄く悲しい気持ちで目から涙がこぼれないように少し上を向いて走った。あてもなく走ったつもりだったが気がついたら園田競馬場の前にいた。ちょうど最終レースが終わった後なのだろうかお客さんが送迎バス乗り場に歩いていた。動物園の入り口のような正門を見上げているとちょうど恵子が出てきた。

「あら、来人君」

「恵子さん」

恵子に駆け寄った来人はこらえていた涙があふれてきた。

「私も朝、了さんから連絡があったんよ。残念だったね」

恵子も今日はだれにも気がつかれないように気丈に仕事をしていたのだが来人を見てこらえきれず涙がこぼれてしまった。

七　走れ！　若武者

6月の一件の後、来人はＪＲＡの騎手課程の受験をやめて地方競馬の騎手課程一本にした。夏休みの間に体験入所があったので申し込み、施設や騎乗訓練などをして絶対にここに入ると心に決めた。

年が明けた1月、栃木の地方競馬教養センターでの試験があった。体操をしていた彼には乗馬以外はさして難しいこともなかった。筆記試験も県立の上位校を狙えるだけの学力を持っていたので難なく終わらせることができた。

そして3月、無事に合格通知が来た。

合格通知をもらった週の土曜日、来人は徳丸のところにメールを送った。

「徳丸のおじさんへ、地方競馬の騎手養成課程に無事合格しました」

携帯メールの着信音で目が覚めた徳丸はこのメールを見て跳び上がった。

「恵子さん、大変だ」

「どうしたん、会社で問題でもあったん？」

台所で朝食を作っていた恵子が応えた。

「違う、違う、来人が騎手学校に合格したんやて。今、メールが」

「え、すぐ電話してあげないと」

「そうや」

そう言って電話をかけた。

「ほんとに合格したんか」

「うん」

「よかったな、でもこれからやで、きばっていかんと」

「うん、お母さんは絶対に受からないと思っていたみたいだけど、合格通知が来た時はとても喜んでいたよ。おじさんとあの時に園田に行ったのが原点だと思うとおじさんやおばさんは恩人なのかもしれないね」

「アホなこというな、まだようやくパドックに入ったところや、わかるやろ。白い誘導馬と本馬場に出て返し馬をしてゲートに誘導されるまでにはまだまだや」

「うん、二年間頑張ってきます。多分携帯電話とか使えないようなので手紙を書くようにします」

「わかった、元気でな」

そこで電話を切った。

「どうやった」

恵子が聞いてきた。

「たまに手紙を送ってくれるそうや。ただ俺、筆不精なんでもし手紙が来たら恵子さんお願いな」

「はいはい、未来のGIジョッキーとデビュー前から文通できるなんてすてきやね」

二人は顔を見合わせて笑った。

「本人はいないけど今夜は祝杯かね」

「そやね」


訓練の内容は地方競馬教養センターで開設されているホームページの中の『センターだより』というサイトで見れるので徳丸や恵子は自宅のパソコンで時折見ていた。乗馬以外にもいろいろな研修があるようで大変そうではあったが笑顔の来人を見かけると安心した。また、約束どおり3ヶ月に一度くらいは近況を手紙で送ってきた。習字の授業でもあるのだろうか字も少しずつ達筆になっているようだった。

恵子も自分たちの近況や園田競馬の近況などを書いて送った。

2年生になった来人が9月から5ヶ月間の間、所属予定の競馬場での実習が始まった。当然地元園田を希望していたので厩舎をセンターで紹介してもらい、そこでの実習が始まった。本物の厩舎で実際の競走馬の飼葉や寝藁などの世話や早朝の調教などであるが、負けん気の強い来人は弱音も吐かず先輩の指示どおり作業をした。早朝の調教をするようになり騎乗もうまくなり先輩騎手との調教パートナーもこなせるようになってきた。また、実際のレース前にパドックまで先輩厩務員と轢《ひ》き馬をすることもあった。

来人が実習を開始した直後、厩舎に1頭の3歳牝馬が中央から転厩してきた。中央で登録はあったが出走することもなく園田にやって来た。馬主さんも中央から変わり園田の馬主さんになったので馬名も変更することになった。しかし血統もよいので名前だけはよい馬名にしたいという馬主さんの希望もあり、クィーンオブソノダという名前に決まった。調教師の先生は来人に彼女の世話をさせることにした。最初の頃は人に対してかなり怯えていた彼女だったが不思議と来人とだけは仲が良かった。来人も馬とのコミュニケーションが初めて取れた気がした。調教も来人が乗り、彼女に無理のない程度から少しずつ行うことにした。


暮れも押し迫り園田ジュニアカップの当日の朝、来人のところに一人の来客があった。

「おーい、来人、お客さんだぞ」

調教師の先生が馬房で飼葉桶を洗っていた来人に声を掛けた。

「はい、すぐに行きます」

桶を洗い終えると走って事務所に入っていった。

「こんにちは」

来人はぺこりと頭を下げた。

「こんにちは」

小柄な女性が来人に挨拶をした。

「あ、この方は招福泉さんって言ってスポーツ新聞で記事を書いているライターさんや。お前が実習中ってことをどこかで聞いてな、取材したいんやと」

調教師の先生が言った。

「実は、うちにも馬を入れている古い馬主の姪御さんなんや。小さい時からよく知っているんやけどまさか競馬ライターになるとは思わなかったわ」

「そうですよね、先生にはお世話になりっぱなしで感謝しています」

泉と来人は事務所の席に座りインタビューが始まった。

「御名前は」

「坂田来人です」

「坂田君ね」

「どうしてこの世界に入ろうと思ったの」

「小学校の時に知り合いのおじさんとここに来て、そのおじさんがある馬のファンだったんです。大の大人がファンになるようなサラブレッドって凄いなと思って、それから競馬のテレビ番組や雑誌を見るようになって興味を持つようになってからです」

「その時の馬って覚えている？」

「オオエライジンです」

「え、オオエライジン」

「ちょうど六年前の今日、というか園田ジュニアカップの日でした」

「それ本当の話なの。私もその日ここにいたんよ。まだ、ライターになる前やったから観客席のほうやったけど」

「じゃ、どこかですれ違っていたかも知れませんね。ちなみにあの日はパドック脇のホルモン焼き屋でうどんを食べていました」

「私もあの馬大好きであのあとに佐賀や名古屋にも応援に行ったわ。最後の帝王賞も観戦に行ったわ。そのころかなライターになって原稿を書くようになったのは」

「じゃ、僕と同じですね。オオエライジンがきっかけでこの世界に入ったんですね」

「なんか私のほうが取材されているようやね」

そんな雑談のような取材が終わりに近づいた頃、来人が小声で泉に言った。

「招福さん、実は……」

「え！　ほんまの話？　私、絶対あなたの応援をするわ。絶対兵庫に帰ってきてね」

取材が終わった頃、厩舎のベテラン厩務員さんが事務所に入って来た。

「お、大福ちゃん、今日は取材するような馬はおらへんで」

「誰が大福やん、今日は彼の取材」

「おい来人、このおばちゃん招福ってありがたい名前なんやけど顔を見るとどう見ても大福って感じやろ」

「え、誰が大福？　え、おばちゃんや？　また怒るよ」

「そうそう、おまえが実習に来るちょっと前に青いカーディガンを着て事務所の外から覗いていたんで、ほら、競馬場のゆるキャラの『そのたん』そっくりだったんで、『そのたん』ここは入られへんよって言ったら、えらい剣幕で厩舎中を追い掛け回されたんや」

「あたりまえや、また追い掛けるで」

「あ、もう堪忍や」

事務所にいた調教師の先生、厩務員さん、そして招福も来人もみんなが大笑いをした。

新年のスポーツ新聞の招福泉のコラムに来人の記事が載っていた。

招福泉のあなたに福招き
今年は兵庫に新人が来るかも？

あけましておめでとうございます。毎日寒い日が続きますがこんな寒い凛とした空気の中今年デビュー予定の坂田来人君（17歳）が園田で実習中です。

朝早くから先輩の騎手や厩務員さんと一緒に厩舎作業や調教をしています。何でもこの世界に入るきっかけになったのは兵庫の宝物だったオオエライジンを見たからだそうです。私もオオエライジンが縁でこの世界に入ったので他人のようには思えません。騎手学校を卒業して今年4月に園田に戻って来たらどんな活躍をするのか楽しみですね。それとひょっとするとちょっと驚くサプライズがあるかもしれません。期待したいと思います。

（文　招福　泉）

年が明けて来人は栃木の教養センターに戻った。地方競馬の騎手の場合、卒業を前に自分の勝負服の服色、柄を決めなければならない。来人も悩んだが橙、青襷、袖白に決めた。3月末に最後の技能審査の後、修了式が行われた。そこで騎手免許と鞭の授与があり正式な騎手になった。その後、園田に戻り実習をした厩舎に正式に所属することになった。

２０１７年４月４日火曜日、２０１７年度の園田競馬がスタートした。当日は唯一園田でデビューをする来人の紹介セレモニーが行われた。会場になるウィナーズサークル前には平日火曜日とは思えないくらいの大勢の人が集まっていた。美香子も仕事を休み初めて園田競馬場にやって来た。徳丸もその日は休暇を取り、恵子と二人でウィナーズサークル前の人の中にいた。

徳丸がその人が集まっている中から美香子を見つけた。

「美香子ちゃん」

「あ、徳丸さん、お久しぶりです。お隣は奥様の恵子さんですよね。いつも来人がお世話になっております」

「この度は来人君のデビュー、おめでとうございます」

恵子が言った。

「来人は徳丸さんとここに来るまでは何を考えているかわからない子だったんですがあれからどんどん大人になった気がします。女親にはよくわかりません」

「でも美香子ちゃん、よく騎手になることを許したね。それも凄いと思うよ。俺の息子やったら許したかどうかわからんよ」

「あ、そろそろ始まりますよ」

恵子が二人の会話を遮るように言った。柵の内側では何人かの新聞社の記者の中に招福泉が記事を書くべく待機していた。

ウィナーズサークルで待つ来人。新しいオレンジ色の勝負服が初々しい。

インタビュアーは園田の神と言われる老アナウンサーだがすぐには現れず、ちょっとしてから本馬場をゆっくり歩いてきている。

「おーい、あんまりゆっくり歩くと次のレースが始まるぞ」

この老アナウンサーが登場するといつもこのような野次が飛びみんなの笑いを誘う。彼も承知しているようで右手を振って笑いながら歩いている。やがてウィナーズサークルに到着した。

「はい、皆さん、こんにちは。今日は彼の中学時代の友達とかもいるんかいな。いつもより若い人がぎょうさんおりますな。さて、今日はデビューを迎えた新人騎手の紹介をさせていただきます。今年の新人さんです。お名前を」

老アナウンサーは来人にマイクを向けた。

「大江来人です」

「おや、この前まで厩舎実習をしていた時は違う苗字やったね」

「はい、先月までは坂田来人でした。母親が先月再婚しました。未成年の私はそのまま苗字を変えることになり大江性を名乗ることになりました」

「そうだったんですな。さて、どうしてこの世界に入ろうと思ったんですか」

「知り合いのおじさんとここ園田競馬場に来て馬も騎手もピカピカしていてかっこいいなと思ったからです」

「それだけやの？」

「そのおじさん、1頭の馬をずっと追いかけていました。馬って人の心も引き寄せるのかと思い、僕もたまたま身長も体重も小柄だったので騎手の仕事に憧れました」

「その馬の名前覚えている？」

「オオエライジンです」

「なんとここでオオエライジンの名前が出てくるとはな」

「ところで、厩舎や先輩にはどう呼ばれているの」

「普通は『らいと』です」

「せっかく大江の性になったんよ、もう少し違う呼び方もあるんちゃうか」

「いや、性が変わったのが先週なのでどうなんでしょうか」

「君の名前、漢字で書くと来人やろ、名前も呼び方変えたらええやん『らいじん』や、オオエライジンやないか」

「そうですね。僕も今初めて気づきました。でもそれはおそれ多いです」

来人ははにかんだ。

集まっていた一部のファンから「そうや」と言う声が上がった。

「さて、今日デビューをするんですけどどんな騎手になりたいですか」

「騎乗する馬と仲良くできる騎手になりたいです。レースは勝負の世界ですから厳しいのはわかっています。でも馬も生き物です。調教でもレースでも馬の能力を最大限に出せるようにして気持ちよく走らせてあげたいです。結果はどうなるかわかりませんが」

見ている人から拍手が起こった。取材をしていた招福泉も彼を思い出したのであろうか、ポケットからハンカチを出して目頭を押さえている。

「さて、今日の5レースが彼の初騎乗になります。皆さんこの若武者を是非応援してあげてください」

その後、競馬場や馬主協会から花束の贈呈がありセレモニーは終了した。

「美香子ちゃん再婚したんや、おめでとうな。今日は新しい旦那さんは来られんかったんか」

　徳丸が言った。

「今日は仕事で来られないんです。競馬は全く知らない人ですが来人のことはとても喜んでいました。自慢の息子になるのではと言っていました」

「そうか、残念やったな。でも来人君はええ子に育ったな」

「皆さんのおかげです。私、インタビューが始まってから小さかった頃からのいろいろなことが思い出されて。あの子には結局何もしてあげれなかったと思います。勝手に再婚までしてしまって、母親失格かもしれませんね」

「いいえそんなことはありません。あなたは今までたくさんの優しさでご自分のお子さんを育ててきたから今日の日があるんじゃないですか。了さん、あ、うちの旦那があなたのことが好きだった理由がなんとなくわかったような気がします。今日はあなたに会えてよかったです。私もあなたに負けないようなすてきな女性にならなければいけないですね」

　恵子が美香子に言った。

「そんなことといっていただいて光栄です」

「そうそううちの店はパドックの近くですから来人君のレースが始まるまで休んでいってください」

「よろしいですか」

「美香子ちゃん、俺と恵子さんと来人君が出会った店や、全ての原点やで」

徳丸が美香子に言った。

「はい」

美香子は二人に返事をして三人で店に向かった。


5レース出走の馬がパドックに入って来た。

「そろそろ出てきたで」

店の前で見ていたおばちゃんが店の奥で話をしていた三人に言った。

三人はパドック前に向かった。

「どれに乗るんやったかな、あ、あれや1番の馬や。クィーンオブソノダ」

「どれ、あ、あの馬。頑張ってもらわんと」

恵子は言った。美香子は無言でパドックを眺めていた。場内放送で各馬の解説が始まった。クィーンオブソノダは初出走ながら最近調教の時計もよく、減量の大江騎手なら1着もあるかもしれないと言っている。

騎乗する騎手がパドック前に整列して一礼をし、その後各馬に騎乗をした。来人の中学時代の友人も来人に声援を送っているが本人は平静を装い馬道に消えていった。

「さて、われわれもゴール板前に行かんと」

徳丸は二人にそう言った。そして途中の投票所で１００円の単勝馬券を二枚買った。で、一枚を美香子に渡した。

「勝っても負けても初めてのレースの馬券、大切にしてあげて」

「あ、ありがとうございます。馬の名前だけでなくあの子の名前も入っているんですね。大切にします」

ゴール板の前には先程の同級生や新聞の記者、そして招福泉の姿もあった。

５レースは１４００m戦なので４コーナー奥のポケットからの発走である。そのため各馬は返し馬をした後、奥の待避所で輪乗りをしている。三人はゴール板横の大きなモニターで来人を追った。オレンジ色に青い襷の来人はすぐに確認できた。

スターターがゴンドラに上がりファンファーレが鳴った。１枠1番のクィーンオブソノダはゆっくりゲートに入った。

ゲートが開き、各馬がスタートした。最初のゴール板を通過するところでほぼ隊列が決まりクィーンオブソノダは2番手を進んでいる。2コーナーを過ぎて直線に入ったところで前にいた馬のスピードが徐々に遅くなり3コーナーでは先頭に立った。来人は後ろから来る馬がいるか二度ほど振り返りいないことを確認して内ラチに進路を取った。

4コーナーから最後の直線では後ろの馬とはすでに2馬身ほど離れている。

「クィーンオブソノダが先頭、2馬身のリード。そのまま逃げ切れるか新人の大江騎手、初勝利まであと50ｍ」

アナウンサーの実況が場内に響く。

「来人もう少しや」

「来人くん頑張れ！」

徳丸と恵子が応援の声を出していた。美香子も手を握り締めていた。

「さあ、初勝利のゴールまであと10ｍ。そのまま逃げ切ってゴールイン、新人大江騎手初出走で初勝利です。そしてこれも初出走のクィーンオブソノダ、鮮やかに逃げ切りました」

そしてアナウンサーは最後にこう言った。

「今度は騎手になってここ兵庫に戻ってきました。これからどんな活躍をするのでしょうか楽しみですね。お帰りなさい、オオエライジン」

インタビューをした老アナウンサーのひと言が実況アナウンサーにそのようなことを言わせたのかも知れないが、場内にいた古くからのファンもきっと同じことを思ったに違いない。場内からはたくさんの拍手が起こった。

八　同じ道を

「ホルモンうどん、あがったわよ」

「えっと、誰やったっけ」

「向こうのデーブルのおじさん」

「そやった、そやった」

店の前のテーブルまで馴れない手つきでどんぶりを運ぶエプロン姿の男がいた。

「徳ちゃん、まだまだやな。客の顔くらい覚えとき、ほとんど毎日同じメンバーなんやから」

常連のおっちゃんに冷やかされた。


来人がデビューした後、ホルモン焼き屋のおばちゃんは体調を崩し入院することになった。しばらくは恵子が一人で切り盛りしていたが入院が長引きそうなのでおばちゃんは店を閉めようとしていた。ちょうどそのころ、徳丸の勤めていた会社で生産設備の統廃合が決定し、関連会社の鳥取の工場に行くか割増金をもらって退職をするかの選択を迫られていた。

このまま恵子と二人で鳥取に行くのも悪くないとは思ったのだが、恵子はたくさんの思い出が詰まっている店を閉めたくないと言い出した。結局、徳丸のほうが会社を辞めてホルモン焼き屋で働くという選択を取った。もちろん、すぐ近くで来人が活躍しているのを見ていたいという気持ちも強くあったので思い切って7月一杯で会社を退職し一緒に店を手伝うことになった。

来人は初騎乗で勝利をしたクィーンオブソノダや所属している厩舎の馬で少しずつ勝ち星を増やしていった。もちろん負けることも多いのだが馬へのあたりがよいので能力以上の着順になることも多く次第に馬主さんからの信用も得られて来ていた。

ちょうどそのころ、来人が所属する厩舎に1頭の2歳馬が入厩してきた。馬名は決まっていなかったが馬房の看板にはこのような記載があった。「エンジェルツイートの２０１５　牡」

厩舎に来てからはずっと来人が調教をつけていた。この馬の母親の兄がオオエライジンになる。1歳時のセリでこの厩舎になじみの馬主さんが購入して来人のいる厩舎に預けたということを聞いていた。

「おーい、来人」

馬房にいた来人に調教師が近寄り声を掛けた。

「はい」

「その看板、直さないといけないわ」

「名前、決まったんですか」

「うん、決まった、イズミライジンになったんや」

「本当ですか」

「今、馬主さんが事務所に来られてな、馬名の登録が完了したしそうや」

「じゃ、能検さえ合格すれば出走出来るんですね」

「ああ、これからもちゃんと調教してや。そや、馬主さんと会うかい」

「はい、是非お会いしたいです」

来人の返事を聞き調教師は事務所に戻って行った。

「良かったね、これからは君もライジン君なんだね」

来人が馬房の柵から顔を出している彼の頭を撫でていた。彼もその話がわかったかのように頭を上下に揺らしながら喜んでいるように見えた。

少しすると初老の紳士と招福泉が調教師と厩舎に現れた。

「大江君、はじめまして」

「大江です。馬主さん、どうぞよろしく願いします。え、あれ、なんで招福さんも一緒なんですか」

「伯父さん、いや、こちらの馬主さんにこの馬の話をしたらこれも何かの縁だと言って買ってもらったんよ」

「え、そうなんですか」

「普通なら伯父さんの冠名で登録するんやけどこの馬だけは特別にイズミにしてもらったんや」

「じゃ、泉さんの馬なんですか」

「違う、違う、冠名だけや」

「大江君、泉ちゃんからいろいろ話は聞いたよ。是非この馬を頼むね」

招福の伯父さんは微笑みながら来人に言った。

「それから馬主さんはライジンにはライジンが乗って欲しいそうや」

調教師の先生がそう言った。
「やったね、ライジン。レースも一緒だって」
イズミライジンが小さく嘶《いなな》いた。

冬の木枯らしが冷たくなってきた12月の末、徳丸と恵子の店の壁にスポーツ新聞の切り抜きが貼ってあった。

招福泉のあなたに福招き

今年デビューの新人大江騎手、園田ジュニアカップに初挑戦！

今年4月にデビューの大江来人騎手。順調に勝ち星を重ね先日、規定の勝利数を達成しましたので減量が取れました。他地区の新人騎手よりも少し早いペースでしょうか？　でも減量の恩恵がなくなるこれからが本当の勝負になりますね。そしてもう一つうれしいお知らせがあります。8月の新馬戦から騎乗しているお手馬のイズミライジンで園田ジュニアカップに参戦が決まりました。イズミライジン、ここまではあのオオエライジンと同じスケジュールで来ています。血統も母の兄がオオエライジンなのでここで勝てばきっと来年は全国の競馬場で大暴れするかもしれません。フレッシュなコンビが初めての重賞に臨みます。どんな走りをするのか私もとても気になります。人馬とも今後につながるレースをして欲しいですね。ライバルもいますが全力で駆け抜けて欲しいと思います。

（記事　招福　泉）

ホルモン焼き屋のモニター映像にはゲートの後ろで輪乗りをする各馬を映している。オレンジに青い襷の彼の勝負服がアップになりやがてゲートに導かれた。

もうすぐみんなの夢のゲートの第二章が開かれる。

あとがき

この本を手にされた方は日本の競馬には中央競馬と地方競馬があるのはおわかりいただいているかと思います。

華やかな中央競馬と違いどこか昭和の香りがする地方競馬はともすると時代遅れのように見えますが、現在、競走馬の血統だけで言うと中央と地方の差はほとんどありません。この物語に出てくるオオエライジンも、父母ともに優秀な血統だと思います。父は2000年の高松宮記念を勝ったキングヘイロー、母は戦中のダービーで牡馬を負かし優勝した牝馬クリフジの血を継いでいます。しかし、現在の中央競馬でこのような血統の馬が高速馬場の芝のレース、特に3歳のクラシックを勝てるのかというと疑問は残ります。

結局、この馬もダートがメインの地方競馬にその活路を見出します。それでもレース体系がはっきりしている現在の話なので、地元で勝ち上がって他地区の重賞や中央の馬も出るダートグレード競走に出走します。しかし何故かそのようなレースでは彼の前に数頭の中央馬が立ちはだかりどうしても優勝することができないまま最期を迎えることになります。志半ばで天に召された彼はとても悔しかったでしょう。

東京にいる私が兵庫所属の彼を見たのは二度だけです。２０１４年の正月、川崎競馬場での報知オールスターカップと最後になった同年の大井競馬場での帝王賞です。

帝王賞の事故で亡くなった後に大井競馬場で献花台が出るということを聞き、花を手向けに行きました。他場所属の馬の献花台です。どのような状況になっているのか気になっていましたが実際行ってみるとたくさんの花や人参、３歳時に大井で優勝した黒潮盃の優勝レイやゼッケンが飾られていました。所属もしてもいない他地区の馬の献花台がこのような状況になっていたということはどういうことなのだろうかと思いました。ただの競馬ファンが献花に来たには多すぎます。確かにほんの一時期大井の所属ではありましたがそれだけではないでしょう。自分の希薄な頭で考えられる答えとしては、花を手向けに来た人たちは彼の成績を見て自分自身の人生を重ねているのではないかと。

地元ではほぼパーフェクトな成績、しかし度重なる出張で外圧との戦い。その度に結果を求められる大きなプレッシャー、サラリーマンそっくりです。

似たような境遇のサラリーマンが彼の死後、その成績を新聞やネットで見て花を手向けたのではないかと思うのは私だけでしょうか。

中央競馬でも人気の馬が亡くなると献花台が出る時があります。でも地方馬でこのような形でたくさんの人が追悼を出来た馬はあまりなかったと思います。

私はまた地方競馬からこのような頑張る馬が出てくるのを期待して止みません。

最後になりますが私は彼が芝のターフを走る姿を一回でいいから見てみたかったのです。どんな走りをしたのかと思うと残念でなりません。そう名牝、ダービーを勝ったクリフジの子孫なんですから。

２０１６年６月　吉日　　宇田　遥

＊この物語は事実に基づいたフィクションです。

宇田 遥

1962年愛知県名古屋市生まれ。
平日は大衆酒場とナイター競馬、
休日は古い日本映画と中央競馬を
こよなく愛する昭和の匂い満載の
中年オヤジ。

靄に消えた馬 —園田の郷から—

発行日　2016年6月25日　第1版第1刷発行
著　者　宇田 遥
デザイン　杉本幸夫
装丁写真　宇田 遥
発行者　豊髙隆三
発行所　株式会社 アイノア
〒104-0031　東京都中央区京橋3-6-6 エクスアートビル3F
TEL 03-3561-8751　FAX 03-3564-3578

印刷所　株式会社 デジタルパブリッシングサービス

© HARUKA UDA 2016 Printed in Japan
ISBN978-4-88169-190-8 C0093

落丁・乱丁はお取り替えいたします。
本書の無断複写・複製・転載を禁じます。
*定価はカバーに表示してあります。